AF343032

RÉFLEXIONS

SUR LA

LETTRE DE MONSIEUR FOUCHÉ

A SA GRACE

LE DUC DE WELLINGTON.

PAR M. LE MARQUIS DE CHABANNES.

SECONDE EDITION.

SUIVIE DE QUELQUES RÉFLEXIONS SUR L'OUVRAGE DE M. DE CHATEAUBRIAND, INTITULÉ:

"DE LA MONARCHIE SELON LA CHARTE."

LONDRES

IMPRIMÉ PAR SCHULZE ET DEAN, 13, POLAND STREET.

1816.

Lb48
434
A

SECONDE ÉDITION.

Quelques personnes m'ont blâmé de plusieurs expressions dont je me suis servi dans la première édition de cet écrit. Bien loin de les rétracter, mon seul regret est de ne pouvoir tracer assez fortement tout ce que je sens. Je suis sans ambition, sans prétention quelconque ; je n'entre dans aucune intrigue, je n'appartiens à aucun parti ; je prêche vainement, hélas, celui de la justice et de l'honneur ! je ne suis point un écrivain, mais j'écris d'après ma seule conviction.

Depuis trois ans je vois tout concourir à l'anéantissement de la maison de Bourbon et de ma patrie, et en serviteur fidèle je n'ai point hésité à dire ce que je crois la vérité... *Je crains, hélas, d'avoir vainement crié auprès de Priam ! je crains que ma faible voix s'élève dans un nouveau désert ; je crains de voir Paris rappeler de nos jours-la chûte de Bysance ;* puissai-je me tromper et n'avoir eu qu'un dévouement exagéré !

Je crois de plus que le sort qu'éprouve la noblesse en France, est la cause de tous les nobles de l'Europe. Je crois que la spoliation des propriétés en France, est la cause de tous les propriétaires de tous les pays. Je crois que le triomphe de toutes les immoralités en France, est la cause de tous les honnêtes gens du monde entier. Je crois que le destin qu'éprouve les Bourbons, est la cause de tous les souverains. Je crois que les délires constitutionnels bouleverseront tour-à-tour tous les gouvernemens. Je crois que l'Europe va rétrograder vers la barbarie et marche vers sa fin. J'affirme enfin que la philosophie du jour est l'ennemi du genre humain, et que chacun s'étourdit et s'aveugle sur ses vrais intérêts et sur son futur destin.

RÉFLEXIONS

SUR LA

LETTRE DE MONSIEUR FOUCHÉ

A SA GRACE

LE DUC DE WELLINGTON.

Je sens toutes les conséquences de ce nouvel écrit, et c'est pourquoi je crois de mon devoir, en le publiant, de m'en déclarer l'auteur. Toute vérité n'est pas bonne à dire: je ne l'ai que trop éprouvé ; mais quoiqu'il puisse en arriver pour moi-même, le motif qui la dicte m'en fait chérir la responsabilité.

CHABANNES.

IL a paru hier dans le *Morning-Chronicle* un extrait d'un manuscrit de la vie prétendue de M. Fouché. Nous avions déjà lu dans tous les journaux une lettre de ce révolutionnaire au duc de Wellington ; elle a été imprimée dans plusieurs langues. Aucune dépense n'est épargnée pour chercher à la faire pénétrer en France. Voilà le premier emploi que fait l'assassin de Louis XVI de la fortune que Louis XVIII lui a garantie, de sa propre main, de lui conserver ! Avait-il dû, avait-il pu en attendre une autre reconnaissance ? Mais quelle opinion a donc du public celui qui ose chercher à exciter son intérêt envers un être semblable ? Voudrait-on placer sur la même ligne les ducs d'*Otrante* et de *W*ellington, en citant leurs titres à côté l'un de

B 2

l'autre ; et n'est-il pas plus que temps que ces *tigres* ou ces *arlequins titrés* reprennent le nom de leurs *pères* ou de leurs *villages** ?

La lettre de M. Fouché est une insulte à la religion, à la morale, à toutes les têtes couronnées, aux gouvernemens, aux ministres, aux hommes. L'histoire de sa prétendue vie est un outrage au plus simple bon sens. La réfutation de ces deux romans politiques se trouve dans tous les moniteurs du temps et dans un mémoire historique de Fouché de Nantes, publié en 1815, chez Murray, Albemarle Street. Cet écrit est uniquement composé de *lettres*, de *mémoires* et de *rapports officiels*, tous sortis de la plume de M. Fouché. Quel meilleur contrepoison peut-on offrir contre l'effet que M. Fouché ose espérer de produire, que lui-même ? j'y réfère le lecteur ; il frémira d'horreur en les lisant.

De ce que M. Fouché a été ministre de Louis XVIII et son représentant à Dresde, a-t-il pu pour cela avoir cessé d'être, (aux yeux de qui que ce soit) le chef de la propagande, le promoteur de tous les crimes, comme il fut le bourreau de tant de victimes et l'assassin de son Roi ? Peut-on attendre d'un tel écrivain une idée pure et sincère, une seule assertion à laquelle on puisse ajouter quelque poids ? Ainsi que tous les caméléons qui ont suivi les différentes phases de la révolution, M. Fouché n'a-t-il pas changé de couleur mille et mille fois ? Quel prix pourrait-on attacher à des énoncés tirés d'une source semblable ? Peut-il

---

* Que peuvent sur les opinions représenter les titres si vous les prostituez dans la fange? Quel attrait peuvent-ils avoir pour le sujet fidèle et vertueux, si vous en décorez le révolté et le criminel?

sortir de là plante la plus veneneuse d'autres sucs que ceux du poison ? Si ce sont des lumières sur les opinions de la France, qu'on eût voulu chercher dans la lettre de M. Fouché, on ne devait s'attendre à y trouver que les erreurs que les révolutionnaires ont tant d'intérêt à répandre.

Occuper le public *de lui*, attaquer le principe *de la légitimité*, étendre de plus en plus *la confusion* de toutes les *idées morales et politiques :* voilà le but secret de ce profond criminel : voilà tout ce que vous verrez dans cet écrit.

Pour connaître aujourd'hui les vraies opinions non-seulement de la France, mais même de tous les peuples d'Europe, ce n'est plus dans les écrits du jour où on doit les chercher, mais dans les propres actions des gouvernemens, et dans les impressions que ces actions doivent inévitablement produire sur l'esprit et le cœur des hommes.

Monarques, cessez de vous aveugler. Les yeux des peuples sont ouverts sur vous. Vous avez vous-mêmes déchiré le voile de l'enchantement des trônes. En vain la flatterie cherche-t-elle à vous éblouir ; en vain la splendeur qui vous entoure peut-elle encore vous faire illusion.

Les Buonaparte ont reçu à Paris, à Madrid, à Naples, à Milan, à Cassel, à La Haye les hommages dus aux têtes couronnées : ils y ont été reconnus par vous. Un sergent est encore sur le trône des Gustaves*. Vous avez tous dîné à la même table,

---

* Le général Bernadotte ne pent être confondu avec un usurpateur ; il fut appelé par les Suédois : il semble avoir mérité leur reconnaissance. L'Europe, à la bataille de Leipsic et à celles qui l'ont précédée, ne peut oublier qu'elle lui doit en partie son salut. Puisse-t-il être traité avec la haute distinction qu'il mérite ; mais sur le trône, à coup sûr, il se trouve lui-même déplacé.

vous leur avez cédé le pas devant vous ! Que peut-il nous rester du prestige qui nous prosternait à vos pieds ; j'ose vous le demander à vous-mêmes ? Fouché fut admis en votre présence ; Fouché a siégé dans le conseil du frère de Louis XVI : l'univers en a frémi ; mais vous devez trembler !

Ne semble-t-il pas qu'une main invisible a conduit, depuis vingt-cinq ans, chaque souverain vers sa propre ruine ; car comment définir autrement l'aveuglement de tous les gouvernemens, et les fautes accumulées dont nous avons été les témoins. Le sang de la maison de Lorraine et de Bourbon coula sur le même échafaud. A Madrid, à Vienne, à Pétersbourg, à Londres et à Berlin, fut-on assez frappé d'un tel attentat et des résultats qu'on devait en attendre? La Prusse a regardé, des hauteurs de la Silésie, les plaines d'Austerlitz ; l'Autriche n'a pas tardé à contempler, des montagnes de la Bohême, la bataille de Jéna et les rives du Niémen ; Vienne et Wagram eurent bientôt la Prusse et la Russie à leur tour pour spectateurs ; la trahison de Madrid et l'occupation de Lisbonne trouvèrent l'Europe indifférente ; Moscou en flammes fut la dernière punition de l'aveuglement des souverains. Leur orgueil a été vengé il est vrai, dans Paris ; Buonaparte a disparu. L'Angleterre a épuisé ses trésors : mais à quel but ? mais à quelle fin ? si le foyer à de nouvelles révolutions ne fut pas pour toujours éteint,

Armés pour la défense des Rois et des peuples, et pour le rétablissement de la religion et de l'ordre, à votre entrée dans Paris en 1814, il était non seulement de votre devoir, mais même de votre plus direct intérêt de faire un exemple éclatant du crime et de récompenser la fidélité ; vous vous êtes montrés indifférens entre le vice et la vertu ; vous avez voulu les amalgamer et les confondre. Vous avez, par cette fausse politique, fait plus de mal moral à tous les hommes qué n'en avaient fait les vingt-cinq années de la révolution française : *vous vous êtes tous trahis.*

Vous n'avez pas tardé à éprouver les tristes résultats de vos erreurs ; mais la plus funeste expérience n'a pu néanmoins encore vous éclairer, tant est donc profondément invétéré l'aveuglement qui vous poursuit ! Vous êtes revenus une seconde fois, vous avez non-seulement de nouveau écouté les Talleyrand, mais vous avez même appelé les Fouchés ; vous avez, plus que jamais, tout confondu. C'est vous qui l'avez voulu ce scandaleux exemple de l'immoralité triomphante ! Fouché a cessé de paraître à vos yeux un *bourreau*, un *régicide ;* Talleyrand n'a plus été devant vous un *traître* à son Dieu et à son Roi. . . . Quel chemin dorénavant nous tracez-vous pour gagner votre confiance, ou pour obtenir vos suffrages ? . . . une nécessité purement imaginaire vous a trouvé disposés à tout lui sacrifier ! *Quelle morale et quel exemple pour l'avenir !* Eh bien, néanmoins, qu'ont produit ces grands talens de la trahison et du crime et leur hideux système ? si ce n'est l'anarchie politique et administrative la plus complète.

Autour de vos trônes, on accuse Louis XVIII de faiblesse ; mais dans quel labyrinthe l'avez-vous placé ? et dans quel gouffre les conseils dont il s'est entouré depuis, n'ont-ils pas entraîné son auguste famille et la France ! Les Fouchés, les Decazes et leurs nombreux satellites, dans leur profonde conspiration, vont jusqu'à chercher à détruire tout le charme que présente cette illustre fille d'un Roi martyr, que la Providence destine peut-être (si le Ciel sur la terre veut récompenser la plus pure vertu) à devenir le salut de sa famille et de la France ; mais ne vous y trompez pas encore ; ce n'est pas la duchesse d'Angoulême seule que ces profanes veulent attaquer, lorsqu'ils osent calomnier, par leurs discours ou par leurs écrits, cette nouvelle Marie-Thérèse, imbue de toute la dignité de sa race ; c'est la religion, l'honneur, la justice, le courage, la fermeté qu'ils poursuivent, jusques dans leur sanctuaire ; c'est surtout les bases de la sûreté de tous les gouvernemens qu'ils cherchent à détruire ; ce sont les plus fermes pilliers des trônes qu'ils espèrent ébranler.

Souverains et princes, il est de l'intérêt des Rois, il est de l'intérêt des peuples que vous arrêtiez partout ce délire universel que la prétendue philosophie du jour n'a que trop répandu, et même jusques dans vos conseils, et que vous ouvriez enfin les yeux sur le précipice qu'elle ne cesse de creuser sous vos pas.

Il est plus que temps que la maison de Bourbon reprenne sa splendeur, ou son malheureux exemple peut encore rejaillir une seconde fois, jusques sur vous-mêmes. *Craignez d'accoutumer les peuples au tableau de l'humiliation des Rois.* Au loin la basse flatterie de vouloir vous placer au-dessus de l'opinion des hommes ; elle est la plus précieuse récompense des bons Rois..Mais, est-ce à l'opinion du criminel ou à celle de l'homme de bien que vous devez attacher quelque prix ? En confondant l'une avec l'autre, vous perdez et vous et les peuples mêmes, parce *que vous hâtez par là la démoralisatiou de l'Europe.*

Mais quelle barrière se dira-t-on pourrait arrêter l'excès des passions, et rompre le cours des délires du jour ? rien au monde n'est plus facile, souverains, si vous le voulez....Parlez aux hommes la seule vérité ; montrez-leur leurs intérêts dans le repos, l'agriculture, le commerce et la paix ; renoncez vous-même à la frivole illusion des armes ; préférez une gloire plus solide ; soyez les amis de l'honnête homme, les protecteurs de l'innocence, les pères de vos sujets !

Les bases sacrées de toutes les sociétés civilisées et les fondemens les plus solides de tous les trônes sont la religion, l'honneur, la justice. Si vous voulez régénérer les nations, hâtez-vous de revenir sur ces traces ; prenez le glaive d'une main, et la balance de la justice de l'autre, marchez et ne craignez rien ; de tous côtés les cœurs voleront sur votre chemin : mais si vous vous présentez sans force et sans moralité aux passions des hommes, tremblez de vos destins.

Déjà de tous côtés j'entends le criminel qui s'écrie : Evitez, évitez une réaction. Déjà j'entends le bourreau tout couvert du sang de l'innocence ajouter : Craignez de faire couler des flots de sang par une réaction. Mais je leur répondrai :

Serait-ce une réaction que de dire ? La magnanimité des souverains, en 1814, les avait portés jusqu'à oublier tous leurs justes ressentimens : ils avaient laissé Louis XVIII le plus puissant prince du monde ; la France devait devenir la nation la plus florissante et la plus heureuse de la terre. Dans quel abîme la faiblesse, l'aveuglement et la turpitude des ministres du Roi l'ont plongé ? *La trahison eût-elle pris naissance sous une administration ferme et vigilante ?* Les malheurs qu'un faux systême politique *a seul entraîné* sont incalculables ; mais ce même systême peut-il encore être suivi, et jusqu'où l'impéritie d'un côté, et la perfidie de l'autre entraînera-t-elle notre malheureuse patrie ? Les corps politiques ressemblent aux corps physiques ; *la tête en fait mouvoir tous les ressorts.* Ministres, qui avez tant abusé de la bonté du cœur de notre Roi, vous ne pouvez plus paraître dans son conseil. Allez, allez cacher dans une vie privée vos inutiles regrets.

Serait-ce une réaction que de dire ? Votre politique relativement aux puissances étrangères fut ingrate, fausse et vicieuse ; vous devez en changer. Pour parler haut, il faut être fort ; quand on est

faible il ne faut pas irriter contre soi.. La proclamation de Cambray, faite par M. de Talleyrand, fut l'excès de l'immoralité et de la maladresse.*
Les deux rapports de M. Fouché furent le comble de l'audace impuissante et de la scélératesse. La première plaça le Roi entre ses bienfaiteurs et ses ennemis ; la seconde justifia toutes les mesures que les souverains crurent de leur sûreté de prendre, et plongea la France dans un abîme dont elle ne se relevera peut-être jamais. Les mêmes acteurs ne peuvent plus reparaître ; ils ont perdu tout droit à aucune indulgence, et tout espoir à inspirer le moindre intérêt. Ne voyez-vous pas l'orage qui se prépare au-dessus de votre tête ? il était un respect moral qui pouvait vous en préserver ; vous l'avez perdu, il n'y a plus qu'un ange et un changement de système qui puisse vous sauver. C'est envain que la flatterie cherche encore à faire illusion au Roi....la France et la maison de Bourbon sont sur la dernière marche du précipice. Il faut parler à l'âme, il faut réveiller l'enthousiasme du français, il faut électriser tous les cœurs. Il faut en même temps présenter aux puissances étrangères des droits si sacrés que le moindre respect humain empêche de les violer. La fille de Louis XVI et de Marie-Antoinette réunit tous les liens et les droits qui doivent être sacrés à tous les souverains ; elle doit avoir pour elle et le Ciel et la terre, elle a les vœux du genre humain. Puisse Louis XVIII l'asseoir à ses côtés, si le salut de sa famille et de la France lui sont chers ! elle seule désormais peut être leur bouclier.

* J'ai rempli le devoir d'un gentilhomme en osant protester publiquement contre cette proclamation de Cambrai.... Hélas, que n'ai-je eu des imitateurs ! dans quel gouffre cette humiliante dégénération de tous principes n'a-t-elle pas déjà précipité la famille royale et la France.
Page 17, réflexions sur M. de Talleyrand.

Serait-ce une réaction que de dire à tous les chefs des révolutions ? Toutes les pensions que vous recevez de l'état pour avoir ruiné la France et fait couler tant de sang en Europe sont abolies. Vous avez commis bien des crimes (soit vous, révolutionnaires spoliateurs et sanguinaires, soit vous, vils esclaves de ce Corse). La clémence des Bourbons vous sauve de l'échafaud ou de la punition des lois ; mais allez chacun sous la surveillance d'une police active et protectrice, soit dans le lieu de votre naissance, soit sur quelque propriété légitimement acquise, finir dans le repos et la tranquillité une vie qui fut si funeste à l'humanité.

Serait-ce une réaction que de dire au militaire ? Le délire de la guerre a causé tous les ravages de l'Europe ; tous les gouvernemens sont obérés, tous les peuples sont oppressés : une longue paix peut seule fermer les plaies de chaque nation, réparer les souffrances de chaque individu...... La France n'a d'intérêt de faire la guerre à personne ; elle ne veut que la paix. A quoi lui servirait une grande armée ? Cincinnatus ne retournait-il pas à sa charrue après avoir remis le sabre dans le fourreau ? Imitons ce modèle et donnons un exemple qui sera suivi par toutes les nations, et peut devenir le salut de l'Europe.

Serait-ce une réaction que de dire au spoliateur du bien d'autrui ? Vous vous êtes enrichis de biens volés ou mal acquis ; écoutez enfin le cri de la conscience et obéissez à la loi divine et humaine qui vous commande la restitution de ce qui ne vous appartient pas. Un gouvernement illégitime vous les avait garantis ; un gouvernement légitime vient veiller à votre existence et veut vous dédommager. C'est au propriétaire injustement dépouillé à qui appartient la propriété, c'est à l'acquéreur, justement dépossédé, à qui sera donné une indemnité.

Serait-ce une réaction que de dire ? Un faux

systême de finance a favorisé l'usure, perdu le crédit, et la nation ne peut supporter à la fois l'excès d'impôts dont elle est accablée. La politique
et l'humanité demande de soulager les particuliers
par un emprunt : mais, pour faire un emprunt,
il faut gagner la confiance ; pour gagner la confiance il faut inspirer la sécurité ; pour inspirer la
sécurité, il faut que le gouvernement ait de la fermeté et de la moralité.

Serait-ce une réaction que de dire à la nation
entière ? Depuis vingt-cinq ans toutes les révolutions
de France se sont opérées par une poignée de chefs,
qui ont eu des correspondances avec quelques particuliers dans chaque localité. C'est ainsi que les
quatre-vingt-dix-neuf-centièmes de la nation ont
été égarés, conduits et écrasés. Aujourd'hui, ce
sont *les honnêtes gens qui doivent suivre la même
marche,* non pour violer des sûretés personnelles,
mais pour les protéger ; non pour donner cours
aux passions, mais pour les comprimer et ne laisser
parler que la loi ; non pour persécuter qui que ce
soit, mais pour maintenir le bon ordre et le respect
dû à la religion, au gouvernement et au Roi.

Serait-ce une réaction que de dire, si vous
voulez partir de la charte comme pour base et vous
en servir comme d'un point de ralliement. . .pourquoi
voulez-vous interdire à nos députés le droit d'expri-
mer les vœux de leurs commettans et de réclamer
les changemens que le vœu général aurait exprimé ?
Puisque vous avez voulu un gouvernement représentatif ne présentez plus au moins le ridicule scandale d'un ministère imbécile ou factieux toujours
opposé à la majorité d'une assemblée véritablement
et légalement interprète du vœu général.

Serait-ce une réaction que de dire à l'Europe ?
Des assemblées de toutes dénominations ont fait en
France les lois révolutionnaires depuis vingt-cinq
ans ; aujourd'hui une assemblée de l'élite de la

nation, vrais représentans des propriétés, réclame la protection divine et humaine pour le rétablissement de la religion, de l'honneur, de la justice, et pour sauver sa patrie et son Roi. *Homme, qui que tu sois, seconde la morale et l'honnête homme; tu travailleras pour toi.*

Il est des étrangers qui confondent tous les Français; il est même des princes qui partagent cette funeste opinion; et où se trouvera-t-il, j'ose le demander à tout-être impartial, où se trouvera-t-il, dis-je, une réunion d'hommes plus purs, plus désintéressés, plus élevés dans tous leurs sentimens, plus modérés et plus habiles, même dans leurs discours et dans leurs écrits, que ces députés, vrais interprêtes de la masse de la nation et qui ont eu à lutter contre des révolutionnaires profonds et perfides, contre des ministres ineptes ou coupables, et contre le Roi lui-même, que sa trop grande bonté ne cesse d'égarer?

Oui, je le demande encore, n'est-il pas estimable celui dont aucun chagrin personnel ne peut ébranler la fidélité? *Vive le Roi, quand-même,* fut répété par toute la France. Voilà le caractère national qu'en vain on cherche à étouffer. Celui que les ministres de Louis XVIII, ainsi que les *jacobins modernes,* qui ont pris la dénomination de *constitutionnels,* osent dénommer *ultra-royaliste,* est l'Anglais fidèle qui, en 1792, s'arma pour soutenir son gouvernement et sauver sa patrie; le Tyrolien qui refusa de se soumettre à un pouvoir étranger; le Calabrois qui combattit pour son Roi; l'Espagnol qui fut l'exemple de l'honneur et de la fidélité, l'honnête homme enfin de toutes les nations, fidèle à tous ses devoirs envers son Dieu, sa patrie et son Roi. Anglais, combien se trouverait-il *d'ultra-royalistes* parmi vous? Ne confondez donc plus celui qui par sa loyauté vous ressemble et mérite votre estime. Ne confondez plus une charte enfantée par les révolutionnaires, pour sauver seulement et eux et leurs complices, avec celle qui fut le palladium des libertés anglicanes. Ne comparez plus un repaire de brigands, dans lequel d'anciens preux n'ont pas rougi d'entrer, ou qu'une coupable soumission a pu porter à cet acte de bassesse, avec la chambre illustre des pairs d'Angleterre. Les sénateurs ne furent-ils pas les plus vils esclaves de Buonaparte et les vendeurs de tout le sang français. Ne furent-ils pas le premier échelon de son despotisme ; ils ont changé de dénomination, mais peuvent-ils avoir changé d'âme et de principes. La malheureuse nation française abandonnée et sans chefs, fut la victime de tous les gouvernemens révolutionnaires ; elle l'est encore aujourd'hui des conseils qui entourent son Roi. Une poignée de criminels *n'est pas tous les Parisiens ; Paris n'est pas la France.* Ah! plaignez plutôt la France et les trop malheureux Français !

Souverains et nations, tant que vous ne reviendrez pas aux bases de la moralité et de la justice, vous vous aveuglez vous-mêmes sur vos plus immédiats intérêts. Si vous vous croyez tranquilles aujourd'hui, songez que vous pouvez être bouleversés demain. Ouvrez seulement les yeux sur les racines du vice, sur le penchant à la spoliation, sur l'attrait de l'usurpation, sur l'état de fermentation où sont plus ou moins tous les esprits de l'Europe et vous cesserez peut-être de vous faire illusion à vous-mêmes. C'est, en France, l'hydre de l'immoralité qu'il faut écraser, ou vous en serez tous dévorés ; c'est le volcan de l'irréligion qu'il faut éteindre dans son cratère, ou la lave enflammée du vice vous aura bientôt tous consumés.

Voyez quelle fut la destinée des empires qui vous ont précédés ; tous les corps politiques, ainsi que tout ce qui respire, sont sujets à la loi immuable de l'ordre de la nature : *enfance, croissance, splendeur, décadence* et *fin.* Telle est la volonté suprême à laquelle sont assujétis les nations et les Rois.

La plaie mortelle des nations est lorsque l'égoïsme isole tous les individus, lorsque l'orgueil naît de la bassesse: que l'argent est le seul dieu du jour et que tout devient bon pourvu qu'il en procure, lorsqu'enfin *l'impartiale justice n'est plus dans le cœur des souverains.*

Vous croyez-vous être garantis de la contagion en garnissant les frontières de France d'une nombreuse armée ? et vous contemplez de sang-froid la tergiversation continuelle des conseils de son Roi et le triomphe de toutes les immoralités.* Tremblez plutôt pour vous-mêmes du funeste exemple que vous donnez à l'univers. Il faut, plus que jamais, un frein aux passions des hommes. Louis XVI était plus puissant en 1789 que vous ne l'avez jamais été. Quel fut le sort de Louis XVI, et dans quel état est aujourd'hui le soixante-deuxième Roi de France ?

En vain vous flatterez-vous que le dégoûtant tableau que présente en ce moment au monde le trône de Saint-Louis entouré du vice, un gouvernement avili et dégradé, un peuple prêt à s'entr'égorger et l'agonie d'une grande nation expirante puissent ouvrir les yeux des peuples que le Ciel a confié à vos soins. *L'état où est la France est le triomphe de la philosophie du jour ; c'est elle qui s'est étendue dans toutes vos capitales ; c'est elle qui domine dans presque tous vos conseils; c'est elle qui vous aveugle et finira par vous détrôner.*

* C'est ainsi que Louis XVI fut conduit à l'échafaud ; les conseils qui entourent Louis XVIII sont-ils moins perfides et peut-on encore s'aveugler sur le sort futur dont sont menacés et la maison de Bourbon et les trop malheureux français ?

Les Fouchés, les Talleyrand, les Decaze et tous les révolutionnaires n'ont d'autre vœu qu'un changement de dynastie en France, et par cet exemple de renverser le principe de la légitimité de tous les Souverains. Tantôt ils invoquent l'enfant prétendu de ce Corse*, tantôt ce prince dont les vertus privées honorent l'humanité, et dont le cœur repentant des premiers égaremens où il fut entraîné dans sa jeunesse, rejette avec indignation toutes leurs criminelles avances, et s'est écarté de tous leurs piéges.... La lettre de ce Fouché n'a pas d'autre but; toutes les démarches avilissantes ou immorales qui émanent du conseil de Louis XVIII, depuis que M. Decaze a su accaparer la confiance de ce malheureux souverain, n'ont pas un autre but; les honnêtes gens baissent la tête et se contentent de gémir en silence; mais le crime veille et agit, et tout concourt à perdre et le Roi, et la France et l'Europe.

O vous qui dirigez la destinée des hommes, conseils des souverains, élevez donc vos pensées au-dessus du cercle qui vous environne, profitez du passé, pour lire dans l'avenir. Est-ce, en France, en vous laissant vous-même entraîner de jour en jour au torrent des passions de ce cercle corrompu que vous pouvez espérer de trouver une barrière qui puisse les arrêter? Est-ce par l'avilissement que vous pouvez inspirer nos respects? est-ce par la bassesse que vous réveillerez notre enthousiasme naturel, pour la tige de nos rois? est-ce en confiant les rênes du gouvernement de la France, tantôt entre les mains d'un apostat, tantôt d'un ré-

---

* Qui ne sait pas la réponse de Napoléon lorsque l'accoucheur vint lui demander s'il devait sauver la mère ou l'enfant *"Sauvez la mère?"* Un enfant néanmoins se trouve vivant. L'enfant de Marie-Louise est-il ressuscité? ou a-t-on substitué à sa place l'embrion qui, aujourd'hui, peut encore servir de prétexte à bouleverser de nouveau l'Europe?

gicide, tantôt d'un révolutionnaire que vous puissiez espérer d'y voir rétablir la fidélité et la foi?

Et vous, Russie, Autriche, Prusse et Angleterre, est-ce en vous livrant à des vues exagérées
d'agrandissement et d'ambition, et en vous laissant
entraîner à l'attrait inique de la spoliation que vous
puissiez espérer de propager, chacun chez vous, les
principes de morale et d'équité et aucune source de
bonheur et de tranquillité?*

Dans le secret de vos cabinets, vous préparez
peut-être l'anéantissement de la France; mais,
ouvrez les yeux! Entre vous-mêmes vous êtes déjà
divisés, et chacun de vous a des vues séparées.
Osez dire à votre tour, si vous ne mettez un frein
à vos propres passions, combien d'années s'écou-
leront, combien de jours peut-être! avant que
vous ne vous entr'egorgiez ; avant que l'Europe,
philosophiquement démoralisée, ne retombe dans
la barbarie ; avant que le Brésilien, le Mexiquain,
l'Anglo-Américain viennent chercher sur les bords
de la Seine et de la Tamise les traces de Paris et
de Londres, comme l'Européen cherche aujour-
d'hui vainement, en Afrique et en Asie, les places
ou furent Carthage et Troye, etc. etc.

---

* Si cette déclamation paraît déplacée, puisse l'avenir
ne pas la trop tôt justifier! Ce style hors de mesure, n'est
le langage ni de l'ambition, ni du calcul: mais un atôme
ne peut-il pas se lever à dire la vérité? Et s'il la dit par
conviction et sans intérêt, ne peut-il pas espérer que son
audace sera pardonnée?

APPENDIX.

———

A peine ce petit écrit venait de sortir de la presse que nous apprenons la dissolution de l'assemblée loyale dont les principes pouvaient seuls sauver le Roi et la France, je dirai même l'Europe, puisqu'ils eussent arrêté le cours du torrent de toutes les idées révolutionnaires.

On pourrait *craindre et croire même* que si les puissances étrangères ont contribué à cette fatale décision, leurs vues secrètes ne soient de propager le germe de toutes les divisions en France, de faire révoquer par une nouvelle assemblée tous les actes d'équité émanés de la première chambre et de faire consentir, par la nouvelle, la vente des forêts du clergé, afin d'en soutirer le produit. Telle serait la route par laquelle le plus immoral des systêmes politiques préparerait la division future de la France, et l'élévation ou l'agrandissement de nouveaux potentats, tandis que des prétendues compensations se distribueraient au Nord et au Midi de l'Europe. C'est ainsi que les ministres du Roi, ou par perfidie, ou par ineptie continuent de concourir à perdre et la famille royale et leur patrie. Les uns sont les agens, les autres les mannequins des vues les plus funestes à la France. Sans doute l'influence du nom du Roi dont ils se servent et abusent sans cesse, doit faire concourir dans les nouvelles élections une infinité de royalistes à la nomination des personnes que leurs agens multipliés indiqueront. Tant est puissant le nom du Roi sur tous les Français honnêtes qu'ils sont prêts à lui sacrifier tout ce qui leur est personnel. Puisse les électeurs appercevoir le piége perfide qui est tendu à leur loyauté ! puisse la nation, victime depuis vingt-cinq ans de tous les partis qui ont usurpé son nom, se déclarer enfin une fois aujourd'hui ! Il y va de son honneur, il y va du salut de son Roi.

O vous qui auriez taxé d'exagération l'élan que ma triste conviction a laissé s'échapper, en annonçant la prochaine décadence de l'Europe, fixez seulement vos réflexions sur l'opposition où se trouvent les délires des Peuples et des Rois.

Le philosophe du jour dirige les peuples vers l'irréligion, la démoralisation, la *spoliation*, le soulèvement, la révolte ; telles sont les marches par lesquelles il veut monter au temple de sa prétendue liberté........Il ne trouvera, chez toutes les nations que trop de partisans*!

D'un autre côté les conseils qui entourent les souverains, leur présentent un gouvernement *militaire à la Buonaparte*. Tel est le chemin que la flatterie cherche à leur tracer, et l'orgueil qui aveugle toujours les hommes, n'a préparé que trop le penchant à les écouter ! Mais que peut-il résulter de ce conflit d'idées iniques, si ce n'est tantôt l'esclavage, tantôt la licence, et après tout le chaos. Tous les gouvernemens sont obérés, tous les peuples sont écrasés, et au lieu de s'occuper chacun chez soi à guérir les plaies dont chaque nation est dévorée, on ne se livre qu'à des idées gigantesques, on ne voit que délire dans toutes les têtes ;

---

* On ne peut trop ouvrir les yeux sur les dangers de la contagion, lorsqu'on s'aveugle à vouloir laisser consacrer en France le titre de la spoliation. Le droit de propriété, est le droit le plus sacré de tous les humains. Il est le plus sûr garant de toute société civilisée.. Si vous le laissez violer aujourd'hui chez votre voisin, mille individus contre un se croiront autorisés à le violer chez vous demain.

partout on s'écarte des idées saines et vraies pour courir après la chimère. Que peut-on donc attendre d'un tel état dans lequel sont les cœurs ainsi que les esprits et des souverains, et des hommes?

Il est aisé *lorsqu'on ne respecte rien*, de renverser des Rois, d'en créer de nouveaux, de faire disparaître des nations, d'amalgamer les peuples, de bouleverser la terre. Buonaparte vient de le prouver.....mais où sont déjà aujourd'hui *lui, son empire* et *ses vues gigantesques*, et quel gouvernement légitime pourrait ne pas frémir de paraître s'oublier un seul instant à l'imiter?

Il est aisé de démoraliser une nation, *quand son propre gouvernement y concourt lui-même.* La malheureuse France en ce moment en est le déplorable exemple.*

Oui, je le repète, l'oubli de tous les principes de religion, d'honneur et de justice, ne peut que hâter le fatal moment où l'Europe doit à son tour retomber dans la barbarie...... Avant de m'accuser d'une présomption téméraire. Lecteur, réponds-moi. . que *sont devenus* aujourd'hui les *droits des nations et des souverains*, depuis que l'usurpation a été légitimée? sur quelle garantie repose désormais *ta propriété et ta liberté* si on établit la spoliation et la conscription en principes?

O homme qui que tu sois, ouvre les yeux sur les dangers de la contagion qui te menace, et ne reste plus indifférent sur ce qui se passe en France, tôt ou tard il y va de ton propre destin.

---

* Est-il possible, je le demande encore, de voir un plus grand renversement de toutes les idées morales et politiques. Ah, M. de Caze! les infâmes régicides n'assassinerent que le corps de Louis XVI; Mais vous, M. de Caze, vous osez profaner le nom du fils de St. Louis : vous cherchez à perdre pour jamais et les Bourbons et la France; mais frémissez, le jour du réveil de la religion, de l'honneur et de la justice n'est peut-être pas éloigné.—Tremblez du sort qui vous attend.

Londres, le 1er Octobre.

Un nouvel écrit vient ajouter au délire des opinions du jour.

Je n'ai pas le déshonneur d'être pair de France, ni la honte de porter un titre qu'ont partagés les évêques d'Autun, les Fouchés, les de Cazes et tant d'autres ministres révolutionnaires, je ne puis donc être imbu des devoirs que ces titres pompeux peuvent imposer à la plume de M. de Châteaubriand.

Je suis né gentilhomme Français, j'espère en avoir conservé les sentimens, voilà mon seul titre pour écrire.

La douleur la plus profonde de voir l'avilissement où la maison de Bourbon est réduite, a seul causé, depuis trois ans, les démarches continuelles, dont la pureté de l'intention a au moins obtenu, dans le cœur de notre trop malheureux Roi, son indulgence pour ma témérité.

La conviction des malheurs dans lesquels ma patrie est de plus en plus chaque jour entraînée, par ces *funestes délires de l'esprit*, a seule dicté quelques écrits analogues aux circonstances du moment, et qui au moins ont le mérite de la sincérité.*

Je ne suis point un écrivain ; mais autrefois l'élan de l'âme et le langage du cœur eurent trouvé plus de partisans parmis les Français, que les chymères de l'imagination et les délires de l'esprit.

Ah ! M. de Châteaubriand, que votre réputation, votre fidélité, la pureté de vos intentions rendent dangereuses la séduction de votre élo-

---

* Lettres à M. le comte de Blacas ;

Aperçu historique et politique sur toutes les Fautes qui ont été commises depuis la Bataille de Leipsic, etc. ;

Aux Français ; deux Mots de Vérité à chacun selon son état et son intérêt;

Procès-verbal d'une assemblée tenue à Paris, etc.

Réflexions sur M. de Talleyrand.

quence. Vous voulez sauver la France par la continuation des mêmes erreurs qui nous ont précipité dans l'abîme ; mais Monsieur de Châteaubriand............les Larochefoucauld, les Clermont Tonnerre, les Montmorency avaient-ils des intentions moins pures que les vôtres, lorsqu'égarés par les délires de leur imagination, ils se laissèrent entraîner par le torrent de la révolution, qui nous a conduit où nous sommes aujourd'hui ?

Il n'est pas un seul des ministres d'alors, à commencer par M. Necker, ni un seul des célèbres orateurs de ce temps qui n'ait cru comme vous, M. de Châteaubriand, qu'arrivé au ministère, il pourait contenir toutes les passions, subjuguer tous les esprits, ramener tous les partis à son opinion ; pouvez-vous vraiment vous flatter d'être plus heureux qu'ils ne l'ont été, et que pouvez-vous espérer de la continuation de cette éternelle chymère?

Vive le Roi, vive la charte, voilà votre cri de ralliement ; mais M. de Châteaubriand.....la charte fut-elle plus dans le cœur du Roi que *la proclamation de Cambrai*, la *nomination des Fouchés*, la *dissolution de la chambre des députés—votre propre destitution ?* n'est-ce pas M. de Talleyrand et sa bande qui en furent les vrais auteurs? ne fut-elle pas inventée pour sauver les criminels, pour récompenser les révolutionnaires, pour être le palladium de toutes les spoliations? Ouvrez donc les yeux sur le précipice dans lequel tantôt tous ces calculs du crime, tantôt ces délires de l'imagination plongent tour-à-tour pareillement, et la famille des Bourbons et la trop malheureuse France. Chaque peuple a son caractère national, chaque pays a des situations différentes. Le français n'est pas un anglais, la France n'est pas l'Angleterre.

Puissent les nouveaux députés n'écouter que leur cœur, être fermes dans leurs principes, et se méfier de toutes les illusions du trop funeste esprit!

Ce 8 Octobre.

QUELQUES RÉFLEXIONS

Sur l'Ouvrage de M. le Vicomte de CHATEAU-BRIAND, intitulé

DE LA MONARCHIE SELON LA CHARTE.

———

N'AYANT d'abord lu que quelques extraits de l'ouvrage de M. de Châteaubriand, insérés dans les journaux anglais. Je n'ai pas voulu laisser paraître le paragraphe ci-dessus avant d'avoir lu en entier un livre auquel les mesures violentes des ministres du Roi venait de donner un aussi grand éclat....J'ai donc retardé la publication de cette seconde édition par ce motif.

Il vient d'être publié aujourd'hui à Londres, j'ai pu enfin me le procurer, et je ne perds pas un instant à ajouter quelques réflexions que cette lecture a fait naître.

Quel dommage, me suis-je écrié, qu'un discernement aussi profond, un développement aussi véridique, un tableau aussi évident de tout ce qui se passe depuis deux ans en France, et surtout un récit aussi fidèle de tous les scandales de ce moment, soit accompagné du continuel délire de vouloir établir un gouvernement représentatif *avec le caractère français, de plus sur un territoire aussi étendu que l'est celui de la France, et en outre sur une base aussi immorale que celle de la consommation de la spoliation du bien d'autrui.* Et c'est ici en plaidant avec tant d'éloquence a cause de la religion, de l'honneur et de la justice, que M. de Châteaubriand offre de consacre le couronnement de l'iniquité et le triomphe de toutes les injustices.....quelle controverse !—La religion, l'honneur et la justice ne sont-ils donc plus que des expressions vagues dont chacun peut interpréter le sens selon son caprice ou son intérêt! —Ah, M. de Châteaubriaud ! je suis convaincu de la pureté de vos intentions, je respecte votre caractère moral, j'admire le style de vos écrits, je m'empresse avec tous les honnêtes gens de France à rendre hommage au courage avec lequel vous venez d'exposer les vues criminelles des ministres du Roi ; mais au commencement de nos délires révolutionnaires nous vîmes des gentils-hommes sans propriétés, faisant au nom de la noblesse française l'abandon de tous ces droits et de tous ces titres; et qui vous a chargé aujourd'hui de consacrer la spoliation de toutes les propriétés ? Oserai-je vous demander de quel droit, M. de Châteaubriand ?.... *Un homme, un parti, une faction, une charte, un Roi* peuvent-ils disposer du bien d'autrui ? Quel titre a-t-il, *le Roi lui-même,* à sa propre couronne qui soit plus sacré que celui de toute autre propriété ? Lui, le type de la justice peut-il prononcer la plus cruelle des injustices? Et le trône fut-il établi pour opprimer l'innocent et récompenser le criminel, pour être le support de la trahison et poursuivre la fidélité ?

Si le droit le plus sacré des hommes est légalement violé aujourd'hui, pourquoi une nouvelle spoliation ne recommencera-t-elle pas demain? et pourquoi aussi la famille incestueuse d'un Corse ne s'emparerait-elle pas du trône de Louis XVIII ?*

---

* Bien des personnes trouveront que je passe ici toutes les mesures. En principes il ne peut pas y avoir ni deux vérités, ni deux morales, ni deux honneurs, ni deux justices. Si je dis la vérité, ce n'est pas moi qui outre-passe les mesures, mais ce sont les conseils du Roi qui les ont toutes outre-passées.

Vous voulez être le législateur et le régénérateur de la France, mais ne craignez-vous pas plutôt avec une telle morale d'ébranler la base de toutes les sociétés civilisées? Et est-ce ainsi que doivent se plaider la cause de la religion, de l'honneur et de la justice ?

Il y a trois manières de vouloir le Roi légitime, nous dites-vous ; " 1°. avec l'ancien régime ; 2°. avec le despotisme; 3°. avec la charte.

" Avec l'ancien régime, il y a impossibilité.

" Avec le despotisme, il faut avoir, comme Buonaparte, six cents mille soldats dévoués, un bras de fer, un esprit tourné vers la tyrannie.

" Reste donc la monarchie avec la charte. C'est la seule bonne aujourd'hui ; c'est d'ailleurs la seule possible: cela tranche la question."

Il est bien aisé de trancher ainsi des questions. Je prendrai la liberté de les reprendre dans un sens différent et de tâcher d'y répondre d'une manière plus plausible.

Il y a trois manières de vouloir le roi légitime.

1°. Avec la charte....*Il y a impossibilité*.... Pourquoi ?

Parce que la France a une étendue de frontières qui nécessite une armée de trois cents mille hommes sur pied, dans la main du souverain.

Parce que la gendarmerie qui fait la police intérieure est dans la main du souverain ;

Parce que la France est hérissée de places fortifiées qui sont dans la main du souverain ;

Parce que chaque nation a son esprit et son caractère national, et que le naturel, le penchant et la première qualité des Français est l'enthousiasme et l'amour pour ses rois;

Parce que de tous les gouvernemens le plus malheureux quand il n'est pas soutenu par un esprit public serait celui qui est alternativement expo-

sé à tous les excès ou de la licence, ou de la bassesse ;

Parce que la chambre des pairs, rempart
aristocratique de la démocratie d'une chambre
des députés librement élue, *à la de Caze,* est
en grande partie composée de tout ce que la nation
a de plus vil et de plus corrompu ;

Parce qu'il n'y a pas cent individus sur
toute la surface de la France qui désirent la charte,
si ce n'est le *révolutionnaire* qui ne vise *par elle*
qu'à un changement de dynastie ; le *voleur du bien
d'autrui* qui espère *par elle* la sanction de la spoliation ; l'intrigant qui veut *par elle* parvenir au ministère ou à quelque place ;

Parce qu'avec le caractère français, cette
charte, ainsi que tout gouvernement représentatif,
ne peuvent être qu'une girouette exposée à tous les
vents ;

Parce que avec une éloquence sublime,
avec la démonstration la plus claire, et avec un
courage bien méritoire, vous venez, M. de Châteaubriand, de nous démontrer quel cas le ministère
lui-même faisait de cette prétendue charte ;

Parce que cette charte n'a pu être, ne
peut être et ne sera qu'un vain prétexte à toutes
les passions qui l'interpréteront tour-à-tour, comme
il plaira à chaque parti successif dominant de le
faire ;

Parce que ce système représentatif pour
la France, est un délire de l'imagination qui ne se
réalisera jamais ; parce qu'enfin cette charte immorale est une nouvelle révolution, et non la fin de
notre trop malheureuse révolution.

Voilà pourquoi la charte mérite a bien plus
de titres que l'ancien régime, la dénomination de
la chimère de l'impossibilité.

2°. Avec le despotisme.

Lorsque Buonaparte prit les rênes du gouvernement, les divisions n'étaient pas moins grandes; la France n'était pas dans une moins déplorable agonie. Il n'avait aucun titre pour attirer vers lui ; il était *Corse* et non *Bourbon*. Il sut néanmoins se faire un parti, et, par ce parti, il sut faire taire tous les autres. Le despotisme de Buonaparte, M. de Châteaubriand, l'eût rendu un dieu tutélaire pour la France, si son ambition ne l'eût égaré, s'il n'eût assassiné le duc d'Enghien, s'il eût pris la religion, l'honneur et la justice pour guides....Mais si le despotisme d'un tyran sanguinaire parvint, en si peu d'années, à arracher la France de la plus profonde anarchie révolutionnaire, en se faisant un parti dans un choix des révolutionnaires mêmes, pourquoi croyez-vous que la dictature d'un fils de Saint-Louis, appuyée sur la religion, l'honneur et la justice et secondée par la réunion de tous les honnêtes gens, ne seroit pas le meilleur moyen de ramener la tranquillité et le bonheur en France? Oui, dans un moment de crise que vous venez de dépeindre si parfaitement, il n'y a que la dictature la plus absolue qui puisse sauver la France de tous les délires du jour, et des projets funestes des partisans du systême révolutionnaire. Tout autre systême dans la crise affreuse où nous nous trouvons serait la plus perfide des illusions.

D'un autre côté, pouvez-vous vous dissimuler que si les dangers sont grands au-dedans, ils soient moindres au-dehors. Supposez pour un moment que le scandale dégoûtant que présentent les systêmes que les ministres du Roi ont successivement suivis, ayent fait changer la magnanimité que les souverains avaient manifestée après la première restauration, dans une volonté de profiter de vos divisions pour démembrer la France : qui peut aujourd'hui vous préserver de l'exécution d'un tel dessein? Est-ce la force?....vous n'en avez pas:....Est-ce respect pour notre gouvernement?.....hélas qui pourrait en avoir?....qu'allons-nous donc devenir si le destin de la France était ainsi prononcé? Oui, la duchesse d'Angoulême est le seul bouclier qui puisse garantir le Roi et la France de leur prochain anéantissement. Elle seule peut rappeler la bienveillance et inspirer l'intérêt de tous les souverains.

Qui peut avoir plus d'attraits pour le grand Alexandre que l'héroïne du malheur, du courage et de la vertu ?

Qui peut retracer au magnanime Guillaume un souvenir plus intéressant de cette illustre Reine que l'univers a, ainsi que lui, admiré et regretté?

Le sang dont elle sort, son nom, son courage ne rappellent-ils pas sans cesse à François II la digne descendante de Marie-Thérèse ?

Ne présente-t-elle pas pareillement les espérances les mieux fondées à l'intérêt de ce prince, modèle de la plus pure chevalerie.

C'est ainsi qu'elle réunit en elle seule tout ce qui peut inspirer l'intérêt et le respect des souverains étrangers. Ah oui, je le répète, puisse Louis XVIII asseoir la duchesse d'Angoulême à ses côtés, si le salut de sa famille et de la France lui sont chères. Elle seule désormais peut être leur bouclier.

La fille de Louis XVI présente aux yeux des Français le pur sang de ce Roi martyr que leur frénésie a immolé, le garant de leur paix avec le Ciel, le précieux don de la clémence divine. En préservant Marie-Thérese dans la tour du Temple, ne peut-on pas croire que Dieu dans sa providence la destinait à devenir un jour le salut de la France; ne semble-t-il pas pareillement qu'en l'unissant depuis à l'héritier légitime de sa race; la volonté de Dieu aie été de consolider les droits de la fille de Louis XVI contre le prétexte d'une loi non écrite, qui pouvait l'exclure pour toujours du trône de son père.*

Qui peut se représenter la fille de Louis XVI dans la Tour du Temple, arrachée successivement des bras de son père, de sa mère, de sa tante, de son frère, sans être prêt à verser tout son sang pour elle ? Qui pourrait entendre sans être enivré du plus vif enthousiasme, cette nouvelle Marie-Thérèse au milieu des phalanges prêtes à se révolter, et voulant lui renouveler leurs sermens d'attachement à sa personne? Plus *de sermens ; ne me les aviez-vous pas déjà jurés ? Obéissez !*

Voilà, M. de Châteaubriand, le panache de Henri, le langage qui peut sauver la France et servir d'étincelle électrique aux Français.

Sous la dictature des Bourbons que pourrions-nous avoir à redouter? Empressons-nous de rompre les chaînes que des criminels sont parvenus à leur donner, et rapportons-nous en à la justice de Saint-Louis, à la bonté de Louis XII, à l'honneur de François I, au courage de Henri, dont ils sont les dignes héritiers.

---

* J'écrivis un petit écrit au mois de Mai 1815, intitulé : " Aux Français : Deux Mots de Vérité à chacun selon son état et son intérêt. Voici les titres des divers chapitres. Je demande la permission de faire réimprimer à la suite de cet écrit en note, quelques-uns de ces chapitres. Louis XVIII la lu. Il me l'a pardonné. Hélas, pour son bonheur que ne l'a-t-il écouté?

1. Le Laboureur journalier.—2. Le Laboureur ou petit Fermier.—3. L'Artisan journalier.—4. L'Artisan, petit Marchand ou Boutiquier.—5. Les Fermiers.—6. Le Bourgeois propriétaire.—7. Le Négociant.—8. Le Manufacturier.—9. Le Banquier.—10. Les Employés du Gouvernement.—11. Le Clergé.—12. Le Barreau.—13. Messieurs les Gens d'Esprit.—14. Les Philosophes du jour.—15. Les Constitutionnels.—16. La Noblesse.—17. Les Acquéreurs de Biens nationaux.—18. La Gendarmerie.—19. Le Militaire.—20. Le Courtisan.—21. Les Ministres.—22. Les Princes.—23. Les Femmes.—24. Les plus grands Ennemis des Français.

Si nous désirons une assemblée représenta-
tive, ne la souhaitons que pour les soulager, pour
les aider, pour les seconder dans le rétablissement
de cette monarchie qui fit la gloire et l'honneur de
la France.

Si vous appelez l'ancien régime les droits
féodaux, les dîmes, les lettres de cachet, etc.
quel est l'homme assez aveugle ou assez imbécille
pour soupçonner que qui que ce soit puisse songer
à les rétablir. Mais revenons à notre respectable
magistrature, revenons à nos si utiles et si satisfai-
santes assemblées provinciales, revenons à ce gouvernement paternel qui faisait partout ambitionner
le destin des Français; voilà l'ancien régime où
nous ramènera l'abandon que nous ferions de la
dictature aux Bourbons. Voilà le seul salut qui
reste à la France, dans la crise où les funestes
délires constitutionnels nous ont plongé.

RÉSUMÉ.

LES opinions des Fouchés, des de Cazes et compagnie ont entraîné la maison de Bourbon et la France dans le précipice où elles sont aujourd'hui.

Les délires des constitutionnels ont mis le feu à l'incendie, et ne sont pas propres à l'éteindre.

A la première rentrée du Roi en 1814 et même à la seconde en 1815, le Roi eût été le maître de faire tout le bien qu'il auroit voulu, aujourd'hui les conseils qu'il a suivis l'enfoncent chaque jour de plus en plus dans un labyrinthe dont il n'a plus déjà la faculté de sortir.

Deux partis sont en présence ; les sujets fidèles et les révoltés : lequel des deux veut-on faire triompher ? Si une fausse politique dirige l'anéantissement de la France, les révolutionnaires seront protégés : mais Dieu sait quelle frénésie peut renaître ! Si au contraire le véritable intérêt des souverains, des nations, et des hommes l'emporte dans les conseils des alliés ; la maison de Bourbon reprendra sa splendeur, les royalistes deviendront son appui ; les germes à de nouvelles révolution seront bientôt éteints, et la paix sera assurée à l'Europe pour bien des années.

On ne peut pas se dissimuler que les puissances étrangères tiennent en leurs mains la destinée de la France. Il est donc urgent d'inspirer leur intérêt et de réclamer leur appui. On ne saurait non plus nier que tous les sentimens de religion, de patrie et d'amour pour ses rois sont éteints en France : il est donc urgent de les faire renaître et pour les faire renaître, il faut en prendre les moyens. Si on veut faire le bien, il faut avoir la force, pour avoir la force il faut s'appuyer sur les honnêtes gens, et tout coule ensuite de soi-même.

Ceci établi, la confiance reparoît, le crédit renaît, un emprunt devient facile, les engagemens sont remplis, les alliés sont remerciés et chacun à l'envie, s'empresse de réparer les maux que l'excès de toutes les immoralités, ainsi que les délires de l'esprit, avoient attirés sur l'Europe. Dans tous les pays les peuples reconnaissans adresseront des bénédictions à leurs souverains. Tel peut être leur récompense, tel doit être le vœu de tout homme de bien.

Députés de la France, Vous venez d'être témoins des intrigues par lesquelles les ministres ont cherché à faire élire dans chaque département des personnes qui soient plus disposées à se laisser influencer et conduire par eux.

Tels que soient vos opinions, avant tout, vous êtes français et vous serez fidèle à l'honneur et aux devoirs que vous imposent le salut de la patrie.

Dans les provinces on est ignorant de tout ce qui se passe dans Paris, et également étranger à toutes les intrigues des ministres. Vous pouvez donc être dans l'erreur. Daignez me permettre de vous supplier de lire ce chef-d'œuvre d'éloquence et de courage par lequel M. de Châteaubriand vient de démontrer, avec autant d'évidence, la vérité de tous les dangers auxquels votre patrie est exposée.

Elévez-vous ensuite au-dessus de ce cercle dans lequel vous arrivez, et dont les mots *Petaudierre, ou tour de Babel* rendent encore si imparfaitement le véritable tableau.

Si les ministres cherchent à vous persuader que tels ou tels ont été les désirs du Roi—interrogez votre propre raison, votre jugement, votre cœur ; demandez-vous si le descendant de St. Louis a pu, *dans ses devoirs, dans son honneur.*

dans son âme, dans sa conscience, penser et parler ainsi, et la perfidie des ministres sera aussitôt à vos yeux démasquée.

Si en même temps ces mêmes ministres se hazardoient à vous présenter des volontés étrangères auxquelles vous devez-vous soumettre.... attaquez-les publiquement sur cette infâme calomnie ; dévoilez avec éclat leur perfide artifice, ne craignez rien, ne cousultez que vos cœurs, vous êtes les députés des français ! que toutes vos délibérations ayent pour base *la religion, l'honneur et la justice*. Soyez fermes et unis, et la France et le trône seront sauvés.

Je n'ai point la prétention d'oser vous présenter des lumières, mais j'ose vous supplier de permettre à un zèle aussi pure que vrai de vous soumettre quelques bases sur lesquelles il semble que le bonheur pourrait encore se rétablir en France..

Ne nous dissimulons pas la position où nous sommes, elle est affreuse ; c'est de ce point dont il faut partir.

Iº.

La considération du trône est perdue et au dedans et au dehors, un nouveau tableau et un autre systême peuvent seuls la lui rendre......

Talleyrand a recommandé la religion, Fouché l'humanité, de Caze la fidélité ; Bellard insulte aujourd'hui à notre malheureux souverain, enchaîné dans les fers révolutionnaires, en le comparant à Numa et le faisant emprunter sa sagesse du ciel au moment où ses ministres soutiennent l'irréligion, l'immoralité, l'injustice et le crime. M. de Châteaubriand ne peignit-il pas bien mieux la situation de Louis XVIII lorsqu'il s'écria: O Louis le Désiré ! O mon malheureux maître ! vous avez prouvé qu'il n'y a point de sacrifice

D

que votre peuple ne puisse attendre de votre cœur paternel !

A quoi servent dorénavant les vains discours et les phrases emphatiques. Ce sont des faits qui peuvent seuls ramener l'opinion des hommes. Il faut ré-électriser la France, il faut exciter l'intérêt des souverains étrangers. Ah, je le répète encore.... *puisse Louis XVIII asseoir la duchesse d'Angoulême à ses côtés, si le salut de sa famille et de la France lui sont chers, elle seule désormais peut être leur bouclier.*

II.—*Force à donner au Gouvernement.*

En présentant ce précieux objet à l'intérêt et à l'enthousiasme, il ne faut pas oublier que, dans la situation où nous nous trouvons, la vertu même, ne peut triompher sans la force. Il est donc aussi urgent qu'essentiel de rétablir les gardes nationaux dans leur intégrité, et d'établir sur toute la surface de la France une milice volontaire, choisie parmi les propriétaires seuls et parmi les vrais royalistes pour pouvoir au besoin prêter main forte à la gendarmerie, et être dans tous les lieux la terreur de tout perturbateur de l'ordre public.

Cette force établie ainsi sur la moralité, fera disparaître en un instant toutes les chimères des dangers de nouvelles convulsions révolutionnaires.

III.—*Amnistie générale.*

C'est alors qu'un gouvernement fort devient magnanime en proclamant une amnistie générale.. chacun renaît à la tranquillité, tout s'oublie non par le triomphe de l'insolence, mais par l'indulgence et le pardon.

IV.—*Exil des Chefs.*

L'exil dans sa propriété laisse tout perturbateur dans une vie paisible, mais il ne peut plus
nuir à l'ordre public, et une surveillance exacte
veille sur ses discours, ses correspondances et ses
actions, la seule punition que je réclame est de
forcer un criminel à vivre tranquille et heureux.

V.—*Police générale.*

La Police n'est plus exercée par des agens de
la corruption, ce sont tous les honnêtes gens qui,
en tous lieux, dans toutes sociétés, recommandent la
sagesse, l'indulgence, la fidélité, et sont les protecteurs de la sûreté générale.

VI.—*Restitution des Propriétés.*

Si vous laissez établir le principe de la spoliation, ne parlez plus, ni de religion, ni d'honneur, ni de justice, ni de tranquillité, ni de sécurité pour personne, l'acquéreur lui-même pourrait-
il jamais se croire en sûreté? Rendez donc la justice à l'innocent et le calme même au criminel.
Remettez la propriété à qui elle appartient, et donnez un dédommagement équivalant au spoliateur
dépossédé. Il acquérera une propriété légitime ; il
exercera son industrie avec un capital, dont il
pourra disposer : vous éléverez la valeur des biens
territoriaux, vous rétablirez la base fondamentale
de la richesse du crédit et de la prospérité de la
France.

VII.—*Réponse à l'Objection.*

Mais la France est trop obérée, elle ne pourra
payer de tels dédommagemens ? Détrompez-vous,

la justice et la fermeté rameneront aussitôt la confiance ; le crédit renaîtra ; la France pourra emprunter ; les contributions des alliés seront aussitôt soldées ; les dédommagemens. ici proposés ne sont presque rien pour l'ensemble de la France ; un tarif peut les régler ; personne n'aura à se plaindre ; l'acquéreur lui-même sortira de ces angoisses et bénira votre générosité.

VIII.—*Les Places.*

On ne doit laisser dans aucune première place aucun homme suspect ou dangereux ; soyez aussi indulgent que vous le pourrez sans exposer la sécurité publique ; dumomentoùvotre gouvernement sera ferme, chacun rentrera dans le devoir, chacun sentira qu'il ne pourrait impunément y manquer.

IX.—*Le Militaire.*

A qui voulons-nous faire la guerre, et pourquoi conserver en ce moment une armée aussi considérable ? Estimons le courage du militaire, soulageons les individus, mais renonçons à cette frénésie militaire qui n'a plus de but politique aujourd'hui.

X.—*Responsabilité des Certificats.*

Une des précautions les plus essentielles seroit de ne donner en ce moment d'emploi public qu'à celui dont la conduite fut sans reproche et dont la moralité seroit bien connue. Assurément, il est bien facile de se faire une règle des certificats que chacun devroit se procurer, et de rendre successivement tous les échelons responsables depuis le maire jusqu'au ministre lui-même, si on présentoit à une nomination quelconque un individu qui ne put réunir les titres nécessaires pour l'obtenir.

Si de telles bases eussent été adoptées à la restauration de 1815, le Roi seroit bénit et la France seroit heureuse ; ne pourroient-elles pas encore les sauver aujourd'hui ?

Note annoncée Page **31**, *tirée d'un Ecrit intitulé :* " Deux Mots de Vérité a chacun selon son État."

Les Philosophes du Jour.

Voulez-vous bien me permettre, Messieurs, de vous faire une simple question: Etes-vous de bonne foi, oui, ou non? Si vous l'êtes. .le genre humain doit prier Dieu d'avoir pitié de nos miseres, et de vous accorder le jugement et le bon sens! mais si vous ne l'êtes pas; convenez, qu'il serait préférable d'habiter au milieu de toutes les bêtes les plus venimeuses, et que la peste serait préférable à votre société. Lorsque vous parlez toujours au nom de la masse du peuple, daignez séparer au moins, de vos discours, les neuf cent quatre-vingt-dix-neuf-milliemes d'hommes paisibles et contens, qui ne vous ont point chargés de parler pour eux. et vous donnent, tous les jours des exemples d'une philosophie bien supérieure à la vôtre; celle de se contenter de leur état, et de juger que cette vie est un amalgame de jouissances et de peines, par lequel nous devons passer avant de mourir.

Les Constitutionnels.

Seriez-vous, Messieurs, des députés de cette classe d'hommes ennemis du genre humain ; de *Messieurs les prétendus philosophes du jour.* Je ne veux pas néanmoins vous faire à tous cette injure, et je supposerai un moment que quelques-uns de vous ne soient imbus que du sentiment de la dignité de l'homme, et dirigés par une âme élevée, ennemie du despotisme et humiliée de l'esclavage.

Vous voulez à toute force être législateurs, Messieurs les constitutionnels, *même en dépit de nos opinions, de nos désirs, et de nos intérêts ?* Daignez donc excuser l'humble question d'un bon homme, qui bénit tous les jours le Ciel de n'avoir pas exposé son cœur aux dangers d'un esprit lumineux et transcendant qui aurait pu, à votre exemple, l'entraîner à partager vos funestes égaremens.

Mon interrogatoire ne sera pas bien long.

Est-ce pour vous, Messieurs, que vous exercez votre

patriocratie, ou est-ce pour nous, que votre *égoïstocratie* prend tant de peines ?

A vous dire vrai, le paisible laboureur, l'artisan industrieux, l'honnête citoyen de toutes les classes, préféreraient que vous eussiez un peu moins de patriotisme pour vous, et que vous condescendissiez à avoir un peu plus de véritable intérêt pour nous. Nos vœux, (insensés peut-être à vos yeux et probablement trop opposés à vos besoins), se bornent à désirer la paix, et à souhaiter qu'un gouvernement paternel, mais ferme, puisse éteindre toutes nos dissensions, et contenir l'immoralité de vos passions. Veuillez seulement considérer un moment tous les crimes dont vos délires sont l'origine.; tous les malheurs que la génération présente a essuyés; les victimes qui ont péri dans l'incendie qu'alluma votre ambition ; et certes, vous frémirez vous-mêmes à la vue du gouffre où vous nous avez entraîné. Nous étions le peuple le plus doux, le plus civilisé, le plus heureux de la terre ; et vous nous avez rendu le plus cruel, le plus barbare, le plus malheureux sur la surface du globe. La nation française jouissait de l'estime et de la considération parmi les autres nations; aujourd'hui elle est devenue l'objet de leur mépris et l'opprobre du genre humain. De grâce, ayez enfin compassion de nous et de la France. Nous avons un pied dans la tombe ; laissez nous passer nos derniers instans à oublier, s'il est possible, vos perfides chimeres, et à réparer les maux qu'elles nous ont fait. Avant de vouloir les renouveler, commencez par persuader aux empereurs de Russie et d'Autriche, aux rois de Prusse et d'Espagne, de se laisser éblouir par vos lumieres et conduire par vos leçons. Alors la France pourra même devenir une république, si vous le désirez. Mais aussi long-temps qu'Alexandre, François Ier. Guillaume IV et Ferdinand VII ne seront pas inspirés du noble désir de devenir présidens de provinces fédératives ; aussi long-temps qu'ils préféreront la vie au supplice; l'honneur à l'opprobre; le bonheur de leurs peuples aux calamités des révolutions ; renoncez à vos chimeres : toutes les mille et une constitutions que vous fabriquerez dépendront d'un caprice, et auront l'existence éphémere d'un jour.

Le gouvernemant représentatif de l'Angleterre a fait votre admiration et son étude a enflammé vos imaginations. Heureux, cent fois heureux, m'écrierai-je avec vous, le peuple dont la forme du gouvernement place toujours forcément à la tête de son administration les ministres que l'opinion publique y appelle, et qu'elle peut seule y soutenir. Mais, tout enthousiaste que je suis de la constitution anglaise, je ne suis pas assez aveugle pour n'y pas trouver quelques inconvéniens. Les cas ne seront pas fréquens, où vous admirerez un Burke, un Fox, un Pitt, un Castlereagh; où un Grenville, un Grattan, un Plunckett seront assez imbus de leur propre dignité pour ne connaître que l'intérêt de leurs pays, sans égard à celui de leur parti. L'expérience a appris aux administrateurs les plus sages d'Angleterre, qu'il était indispensable, pour maintenir une opposition toujours active, de ne former que deux partis: et de voter pour l'avis de son parti; mais le principe de la nécessité d'une opposition, pour le maintien de l'équilibre des pouvoirs, induit souvent à pousser trop loin sa propre opinion, ou à adopter et soutenir même des thèses contraires à sa propre conviction. Le grand but moral est la protection des libertés anglicanes; mais aussi quelquefois l'ambition n'est pas sans exercer son influence sur quelque particulier dont le but devient alors de renverser son adversaire, pour parvenir au ministere.

Nous ne pouvons trop admirer, sans doute, les principes de la constitution anglaise; mais nous oserons avancer que, sans le caractere national anglais, les passions individuelles auroient bientôt mis le feu à tout l'édifice. C'est le caractere national, que l'univers ne peut trop admirer; c'est à lui, c'est au sentiment que l'anglais a de sa propre dignité; c'est au besoin qu'il a de mériter l'estime publique, dont les sentences ont un grand poids; c'est à cette fierté, à cet esprit d'indépendance, innés en lui, joint à cette impulsion naturelle de contribuer à tout ce qui est de l'intérêt commun, que l'anglais doit cet esprit public qui donne à son gouvernement toute la force, toute la considération, et, en ce moment, toute la prépondérance dont il jouit sur le Continent.

Mais il faut aussi convenir que si l'Angleterre n'était pas une île; si son territoire étoit six fois plus étendu; si la défense de ses frontières nécessitoit d'entretenir sur pied 300,000 hommes de troupes, toujours dans la main de son souverain; si des forteresses nombreuses étoient réparties dans la plupart de ses provinces; si un corps militaire faisoit la police journalière et intérieure; malgré même le caractère le plus prononcé de la généralité de cette grande nation pour le maintien de la liberté, le renversement de sa constitution ne dépendroit que de la volonté d'un homme, et de l'exécution d'un jour.

Cessons donc de nous livrer à une comparaison, qui ne peut avoir aucun rapport entre les deux caractères les plus opposés, peut-être du monde, ni une situation topographique aussi différente.

Chaque nation a son foible et son beau côté ; le beau côté du Français est l'honneur, le courage, l'amour de son Roi, et aussi un certain orgueil national. Son côté défavorable est la légèreté, son inconséquence, et la facilité et la rapidité avec lesquelles il se laisse entraîner à tous les extrêmes. Si nous avions un autre caractère national ; si nous aimions moins les jouissances ; si nous avions moins de passions et de penchant à les satisfaire ; si nous avions quelques égards pour le mérite, la vertu et la moralité ; si nous n'avions pas une propension trop générale à encenser la puissance, ou la faveur ; enfin si nous n'étions pas ce que nous sommes, nous pourrions devenir ce que nous ne serons jamais ; indépendans dans nos caractères et dirigés par un esprit public. Mais quiconque aime sincèrement sa patrie et désire son bien-être, doit, avant tout, considérer la situation présente de la France, le désordre qui règne dans toutes les têtes, la fougue de toutes les passions qui sont mises en mouvement et en opposition les unes aux autres, les animosités particulières, les vengeances personnelles, et le peu d'union qui existe, même dans chaque famille. Est-ce dans un tel moment, messieurs les profonds législateurs, qu'il est prudent de donner le moindre prétexte à l'influence des impressions particulières, et à la divergence de toutes les idées ?

Il est plus que temps d'abandonner toutes les illusions. Nous n'avons qu'un port offert à notre naufrage ; nous n'avons qu'une planche sur laquelle nous puissions échapper à notre destruction totale ; n'hésitons pas de le dire, de le répéter, de le répandre, de le prôner à toute la France, cette seule planche, est la dictature la plus absolue. Pourriez-vous, Messieurs les Constitutionnels, ne pas reconnoître la difficulté des circonstances ? et, à moins que vos intentions secrètes ne soient de seconder tous les efforts du véritable père des Français, en devenant le plus soumis de ses sujets, vous seriez les plus aveugles, les plus perfides, et les plus dangereux de tous les citoyens. Obéissez donc aux circonstances impératives de la sûreté et du salut public. Revenez de vos trop funestes erreurs ; soyez enfin hommes purs, et redevenez Français.

Le gouvernement de France, fût-il en ce moment républicain ou représentatif, la prudence, la sagesse, la nécessité commanderaient de laisser dormir toutes les lois, et de créer une dictature. L'extrême bonté de Louis XVIII et sa clémence n'assurent encore le salut qu'à trop de coupables. *Cessez donc d'être épouvantés pour vous-mêmes,* et rapportez-vous en tous à lui. Ne jugeons aucunes de ses mesures avec précipitation. Ses intentions sont pures ; elles ne peuvent être meilleures ; l'expérience corrigera ce qui se seroit glissé d'imparfait. Confions-nous à sa sagesse, et à ses lumieres ; et nous serons bientôt étonnés du résultat de tous sous ses bienfaits.

Les Princes.

Si la plus utile leçon, pour tous les hommes, est celle du malheur et de l'adversité, combien, pour un prince, cette leçon ne le met-elle pas à même de dévoiler les qualités qu'il a reçues de la nature ? Je serais aussi humilié d'être un bas flatteur, que je suis éloigné de vouloir égarer l'opinion de qui que ce soit ; mais sans croire déprécier aucun prince, je demanderai quel est l'homme (même dans les individus les plus privilégiés de la nature, ou qui ont reçu l'éducation la plus distinguée), quel est l'homme, dis-je, qui a plus d'esprit, qui a passé plus d'heures dans la solitude de son cabinet, et qui est doué d'une mémoire plus étendue que Louis XVIII ? Je ne dissumelerai pas en même temps qu'ainsi que le savoir rend défiant d'eux-mêmes les hommes les plus profondément instruits, de même un excès de modestie empêche Louis XVIII de se rendre justice à lui-même, et le porte à croire que les autres peuvent en savoir plus que lui.

Ce n'est point faiblesse comme on ne l'a que trop supposé ; c'est un excès de timidité produite par la très-grande bonté de son cœur, et par l'extrême désir de faire le bien. Mais une nouvelle expérience, plus pénible encore que la première, a dû le forcer à ouvrir aujourd'hui les yeux. Il est plus que temps qu'il n'écoute que ses propres impulsions éclairées par ses réflexions et son expérience. Il ne peut s'empêcher de reconnaître que les perfides conseils et les funestes opinions de ses ministres l'ont conduit à devenir l'oppresseur des gens de bien, et le protecteur débonnaire du crime ; qu'ils l'ont rendu arbitraire spoliateur des propriétés d'autrui, contre les droits les plus sacrés de la nature humaine, et contre les commandemens de

Dieu même : qu'ils ont cherché à le rendre révolutionnaire, par la publication d'une charte qu'il n'avait pas plus droit de donner, que le sénat n'en avait de le forcer à la recevoir:

Qu'ils ont fait adopter toutes les formules, les formes, et les protocoles des actes de Buonaparte, et qu'ils lui ont fait tacitement reconnaître toutes les lois de Robespierre, ainsi que celles de toutes les époques de la révolution, du moment où, dans un édit quelconque, au nom du Roi, ils en apportèrent une seule :

Qu'ils ont porté le désespoir dans le cœur de ses plus fideles sujets, et qu'ils ont réduit la presque généralité à l'insouciance du malheur, et relevé l'audace dans les criminels :

Qu'ils l'ont même engagé à se décorer d'un ordre créé par l'usurpateur du trône des Bourbons; par cet assassin d'un Bourbon!

En un mot, que les conseils, les maximes et les mesures de ses ministres ont évidemment préparé le gouffre dans lequel leur imprévoyance a fini par le précipiter: tandis que nous devons être certains que, si Louis XVIII se fût dirigé par lui-même, le trône eût été honoré, et la France préservée de tous les malheurs qui vont l'accabler. Secondons donc de tous côtés les efforts du Roi et rapportons-nous en uniquement à son âme, à son cœur et à son esprit.

Fuyez loin du trône, égoïste imprévoyant et conpable. Fuyez ministres dont les opinious, manifestées dans des assemblées que vous n'avez su ni persuader ni conduire, ont aliéné tous les vrais serviteurs des Bourbons ; Fuyez, aussi amour-propre de l'éloquence littéraire, en vain espéreriez-vous nous séduire par votre faux brillant, les Français veulent entendre le langage de l'âme et non celui du pernicieux esprit. Et vous plus perfides, encore, *avocats* des maximes anti-philantropiques destructives de notre repos, et source inaltérable de la continuation de toutes nos divisions, disparoissez pour jamais des conseils d'un Roi dont vous avez assassiné le frère, et dont vous finiriez par perdre toute la famille.

Les maux, que vos délires ont attiré sur notre malheureuse patrie, sont extrêmes : deux millions d'âmes, peut-être, vont encore périr en ce moment, victimes de votre infernale politique. Ne dissimulons pas au Roi que son bon cœur par lequel vous l'avez séduit et trompé, ne peut se laisser égarer une seconde fois. Qu'il deviendroit coupable de lèze royauté, de lèze-Bourbon, et serait responsable à la postérité du sang de sa famille et de celui de ses loyaux serviteurs et sujets s'il persistoit à suivre la même marche.

La crise est, en ce moment des plus difficiles. Toutes les têtes sont en fermentation; tous les esprits sont imbus des plus faux préjugés contre la famille royale; le respect du trône est méconnu; l'animosité va éclater dans tous les partis; la division règne dans toutes les sociétés; elle existe même jusque dans les familles; les amours-propres sont enflammés; soutes les passions ne connoissent plus de frein. La turpitude d'un nouvel alliage avec le crime seroit aussi humiliante, qu'elle seroit vaine et désastreuse. La France a besoin de revoir le panache de Henri. Le salut de tous tient à ce que Louis XVIII reprenne les rênes avec vigueur et dirige son admiministration avec fermeté. Il faut, avant tout, *qu'il se fasse craindre pour se faire respecter.* Sans cela point d'espoir, point de repos, point de salut, ni pour le Roi, ni pour sa famille, ni pour la totalité de ses sujets fidèles: les angoisses de la mort seroient moins accablantes que leur triste destinée. Puisse Louis XVIII se pénétrer de cette vérité. Puisse dorénavant son cœur, son esprit, son jugement être ses seuls conseils. Si sa trop grande modestie l'a déçu; si les conseils qu'il a suivis l'ont perdu, qu'il ne soit que lui-même, et la France est sauvée! mais s'il hésitoit à déployer le caractère que des circonstances aussi difficiles exigent, sa propre conscience lui diroit, que son devoir envers Dieu, envers l'Europe, envers sa famille, envers le peuple que la Providence l'avait appelé à gouverner, et envers tous les martyrs que l'aveuglement et l'impéritie de ses conseils viennent d'immoler, ou qui vont de nouveau périr, *lui imposerait la loi de transférer une couronne* qu'il ne pourroit conserver deux mois sans être de nouveau renversé.

Son Altesse Royale Monsieur qui suit l'ordre de la primogéniture ne le cède assurément à aucun prince de l'Europe, pour tout ce qui peut caractériser l'élévation de l'âme, la bonté du cœur, l'esprit chevaleresque. Il joint à ces qualités brillantes, la grâce des manières, et de l'affabilité de l'homme supérieur. Nul prince peut-être n'a une ressemblance plus frappante avec Henri IV: mais n'hésitons pas non plus à le lui dire; il devroit s'attendre à rencontrer bien des difficultés, par la suite des préjugés injustement répandus contre lui. Il en triompheroit sans doute, s'il étoit dans le cas de l'entreprendre, et s'il est pénétré de cette vérité, que, dans la crise actuelle, *la foiblesse dans un Roi seroit la plus grande des calamités.*

Les révolutionnaires et les criminels peuvent souhaiter un président révolutionnaire et un protecteur de leurs crimes sous le nom d'un Roi ; mais la France, l'Europe, et l'humanité, ont besoin de l'extinction de tous les principes révolutionnaires, et demandent la monarchie française et un Roi : mais un Roi, qui fasse trembler le crime et protège la vertu : un Roi, dont la vigueur contienne les passions, et assure la tranquillité de tous ; un Roi, dont l'indulgence et la bonté n'altèrent la justice ni la sévérité.

Après S. A. R. Monsieur, frere du Roi, vient ce brave et loyal Prince, Mgr. le duc d'Angoûlême. Epoux de la fille de Louis XVI, il réunit par elle tous les droits du sang des Bourbons, et les vœux des Français.

Nouvelle Marie-Thérèse Mde. la Duchesse d'Angoulême vient, dans les circonstances les plus inattendues et les plus dangereuses, de développer la grandeur d'âme de son ayeule, et la plus imposante fermeté. A son touchant aspect les souvenirs d'expiations et de repentir pénètrent jusqu'aux fonds des cœurs, et toutes les impressions, qui peuvent enflammer l'enthousiasme et fixer l'admiration, naissent en nous à-la-fois. La miséricorde divine, la destina, sans doute, à être l'intercesseur de sujets criminels auprès d'un Roi martyr ; elle devient pour nous le gage sacré, de la clémence du ciel et de la paix avec nous-mêmes ; la fille de Louis XVI assure le salut des Français !

De l'imprimerie de Schulze et Dean, 13, Poland Street, Oxford Street.

www.ingramcontent.com/pod-product-compliance
Lightning Source LLC
LaVergne TN
LVHW050645060726
842527LV00004B/1486